W9-DGS-756

Mi dedo meñique

**Escrito por
Betsy Franco**

**Ilustrado por
Margeaux Lucas**

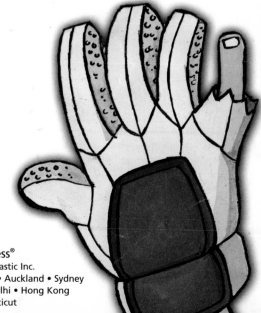

Children's Press®
Una División de Scholastic Inc.
Nueva York • Toronto • Londres • Auckland • Sydney
Ciudad de México • Nueva Delhi • Hong Kong
Danbury, Connecticut

Para Davy

—B. F.

Para mis queridos hermanos, Jim and John

—M. L.

Especialista de la lectura
Katharine A. Kane
Especialista de la educación
(Jubilada de la Oficina de Educación del Condado de San Diego,
California y de la Universidad Estatal de San Diego)

Traductora
Jacqueline M. Córdova, Ph.D.
Universidad Estatal de California, Fullerton

Visite a Children's Press® en el Internet a:
http://publishing.grolier.com

Información de publicación de la Biblioteca del Congreso de los EE.UU.
Franco, Betsy.
  [My pinkie finger. Spanish]
  Mi dedo meñique / escrito por Betsy Franco; ilustrado por Margeaux Lucas.
    p. cm. — (Rookie español)
  Resumen: Un niño describe algunas de las indicaciones que muestran
cuánto ha crecido.
  ISBN 0-516-22359-3 (lib. bdg.)   0-516-26318-8 (pbk.)
  [1. Crecimiento—ficción. 2. Cuentos rimados. 3. Libros en español.] I. Lucas,
Margeaux, il. II. Título. III. Serie.
PZ74.3 .F73 2001
[E]—dc21
                                                                00-065712

GROLIER
PUBLISHING   1 2 3 4 5 6 7 8 9 10 R 10 09 08 07 06 05 04 03 02 01

Mi dedo meñique más largo
está de lo que estaba jamás.

Mi abuela dice que he crecido tanto que apenas me conoce.

5

Los pantalones me
quedan cortitos.

Mi saco está pequeñito.

9

Al lado de mi hermana,
¡me veo tan grande!

11

Con piernas largas y fuertes,

¡qué alto voy!

En puntillas extra alto estoy.

17

Brinco para atrapar
la pelota.

19

¡Véanme! Camino en el muro.

21

Marco mi crecimiento
día a día.

Crezco y crezco.

25

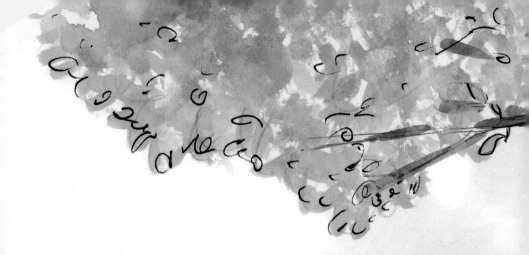

Qué tan grande seré, no sé.

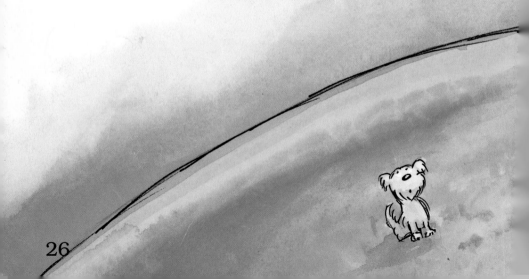

Mi dedo meñique más largo
está de lo que estaba jamás.

Cuando viene mi abuelo,
está muy sorprendido.
Tengo que decirle, —¡Soy yo!

Lista de palabras (69 palabras)

a	dedo	lo	quedan
abuela	día	los	saco
abuelo	dice	marco	sé
al	el	más	seré
alto	en	meñique	sorprendido
apenas	está	me	soy
atrapar	estaba	mi	tan
brinco	estoy	muro	tanto
camino	extra	muy	tengo
con	fuertes	no	véanme
conoce	grande	pantalones	veo
cortitos	he	para	viene
crecido	hermana	pelota	voy
crecimiento	jamás	pequeñito	y
crezco	la	piernas	yo
cuando	lado	puntillas	
de	largas	que	
decirle	largo	qué	

Sobre la autora

Betsy Franco vive en Palo Alto, California, donde ha escrito más de cuarenta libros para niños, incluyendo libros de dibujos, poesía y literatura fuera de la novelística. Muchas de sus ideas se originan en las cosas chistosas que decían sus hijos cuando eran jovencitos. Betsy es la única hembra de su familia, la cual incluye su esposo Douglas, sus tres hijos y el gato Lincoln.

Sobre la ilustradora

Margeaux Lucas ha ilustrado libros para niños desde hace cinco años. Vive en Brooklyn, Nueva York, con montones de papel, cientos de lápices, un sinnúmero de tubos de pintura y un gato manchado que se llama Flump.